ARE DRAGONS REAL? 1

ALEXA VALENZUELA CHAVEZ

PROLOG
Die Welt besteht aus Dunkelheit und Licht...
... und ich befinde mich im Licht!

Während andere in der Dunkelheit herumtappen...
... kann ich sehen.
Licht und Dunkelheit, zwei Seiten die am Anfang klar für mich zu unterscheiden waren...

… aber vom Licht kann man auch geblendet werden, das erkannte ich viel zu spät…
… im Nachhinein…
… war ich genauso blind wie alle anderen auch.

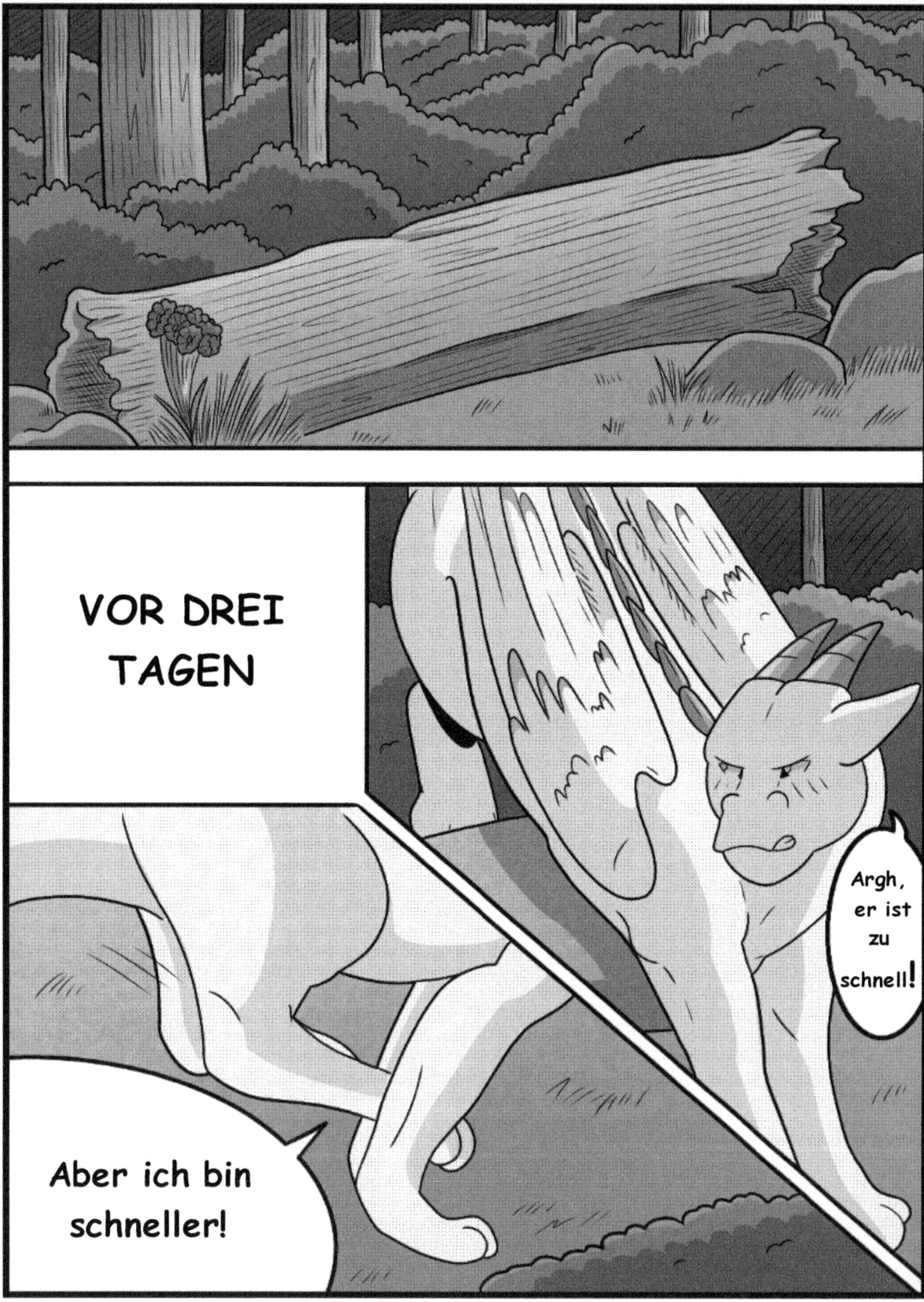
VOR DREI TAGEN
Argh, er ist zu schnell!
Aber ich bin schneller!

KAPITEL 1

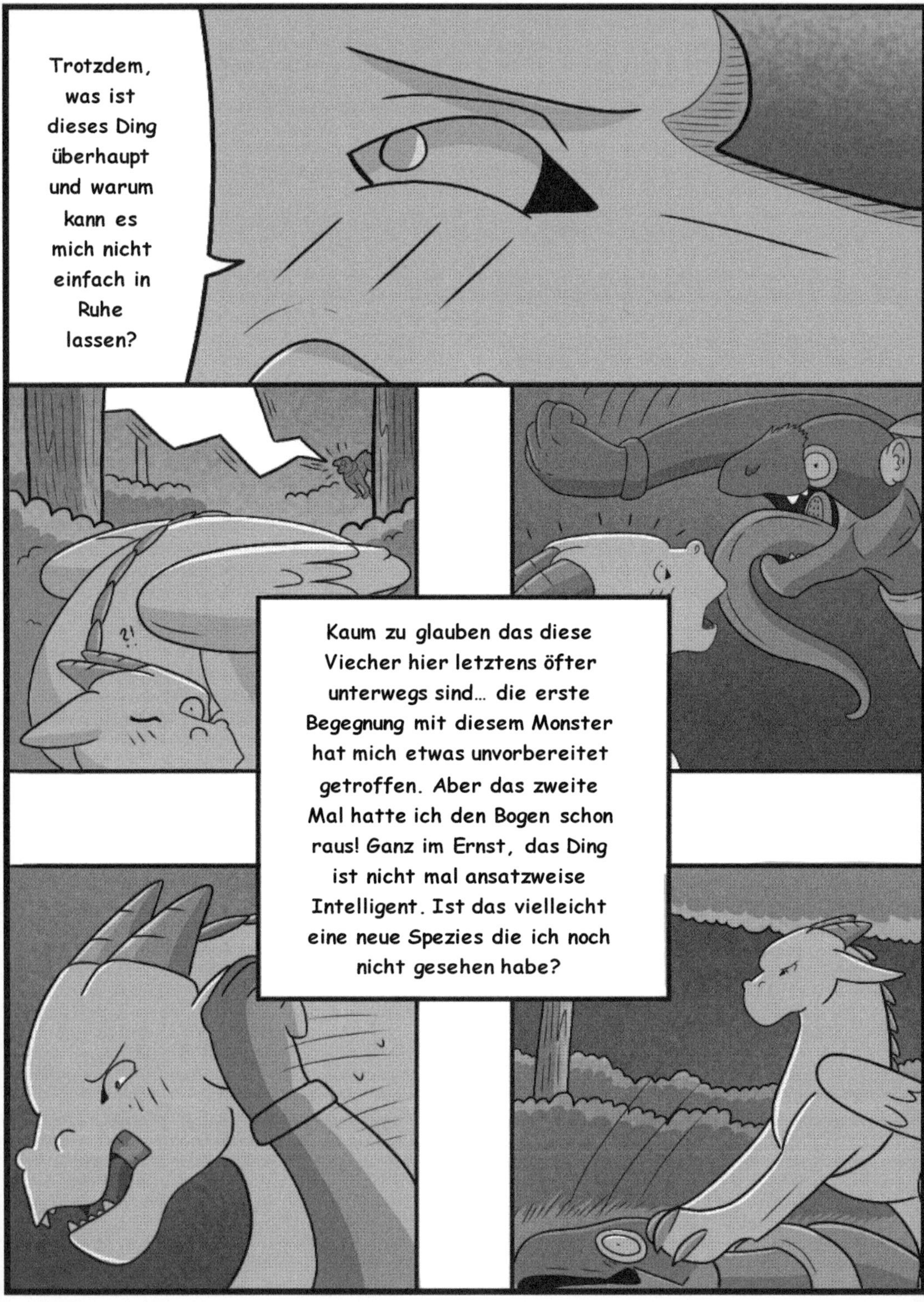
Trotzdem, was ist dieses Ding überhaupt und warum kann es mich nicht einfach in Ruhe lassen?
?!
Kaum zu glauben das diese Viecher hier letztens öfter unterwegs sind… die erste Begegnung mit diesem Monster hat mich etwas unvorbereitet getroffen. Aber das zweite Mal hatte ich den Bogen schon raus! Ganz im Ernst, das Ding ist nicht mal ansatzweise Intelligent. Ist das vielleicht eine neue Spezies die ich noch nicht gesehen habe?

Nein das kann nicht sein! Diese Augen… sind sie überhaupt…
… am Leben?
Egal! Es riecht nach Mensch!

Typisch Mensch!
Spielt mit Sachen herum die nichts als Ärger bringen! Warum die mich da nicht raushalten können verstehe ich nicht.
Jedenfalls, es wäre schlauer einen Kampf zu vermeiden. Ich sollte mich nicht einfach darauf losstürzen, vor allem wenn ich mein Gegenüber nur so schwer einschätzen kann.

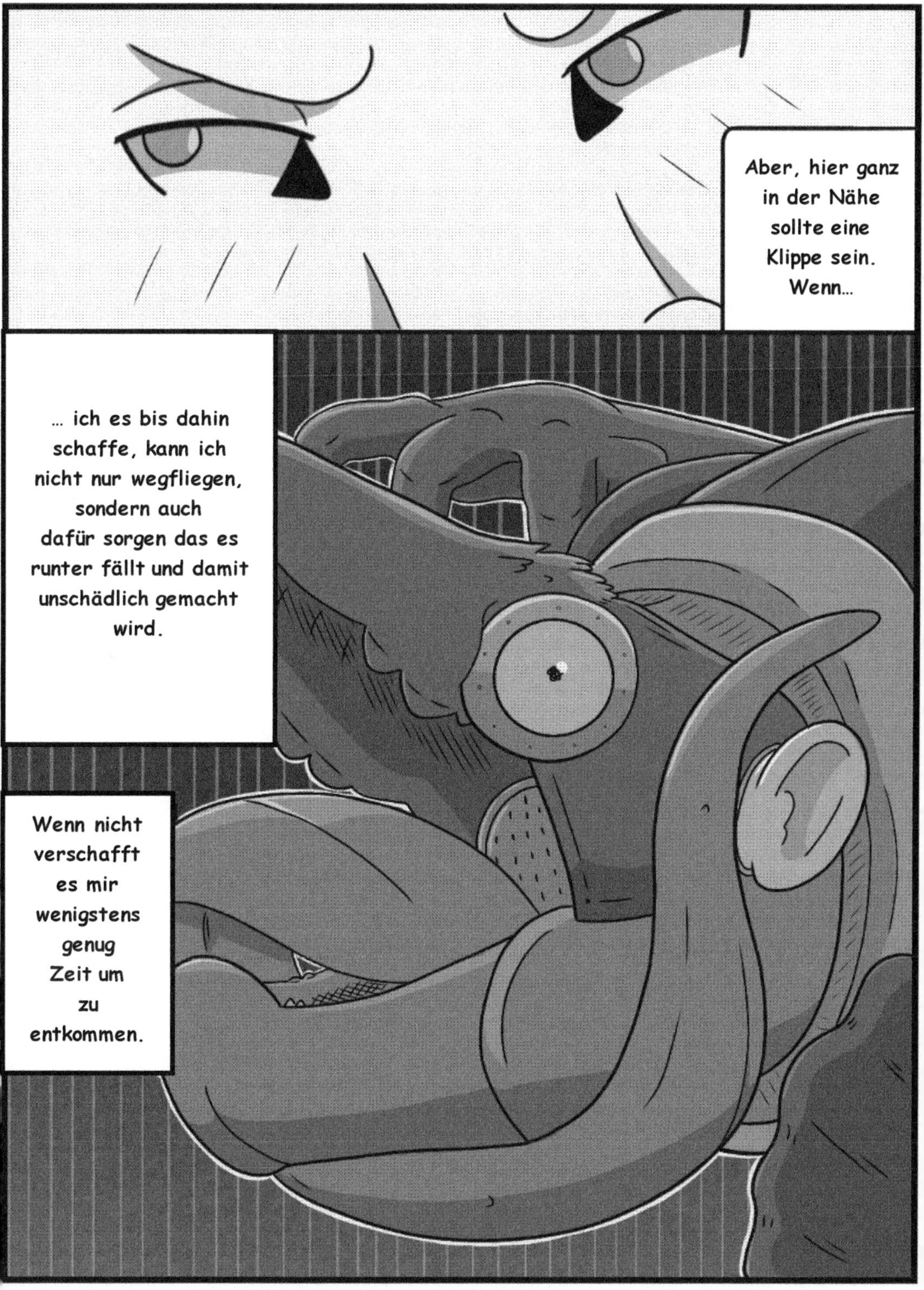
Aber, hier ganz in der Nähe sollte eine Klippe sein. Wenn...
... ich es bis dahin schaffe, kann ich nicht nur wegfliegen, sondern auch dafür sorgen das es runter fällt und damit unschädlich gemacht wird.
Wenn nicht verschafft es mir wenigstens genug Zeit um zu entkommen.

Nicht das ausgerechnet ICH, die geringste Angst hätte!

EIN MENSCH?!!
Was macht der auf einmal hier? Ausgerechnet jetzt?! Wir sind zwei Tage Fußmarsch von der nächsten menschen-Stadt entfernt!
OH NEIN!
Bin ich vielleicht unvorsichtig geworden? Nein, unmöglich! Ich weiß genau wo ich bin! Verdammt! Der Gestank des Monsters hat seinen überdeckt!
Und jetzt steht er auch mitten auf den Weg. Wenn er da nicht weggeht wird gleich nichts mehr von ihm übrigbleiben. Aber ich darf mich da nicht einmischen!

Komm schon... beweg dich!
SHRIEK!

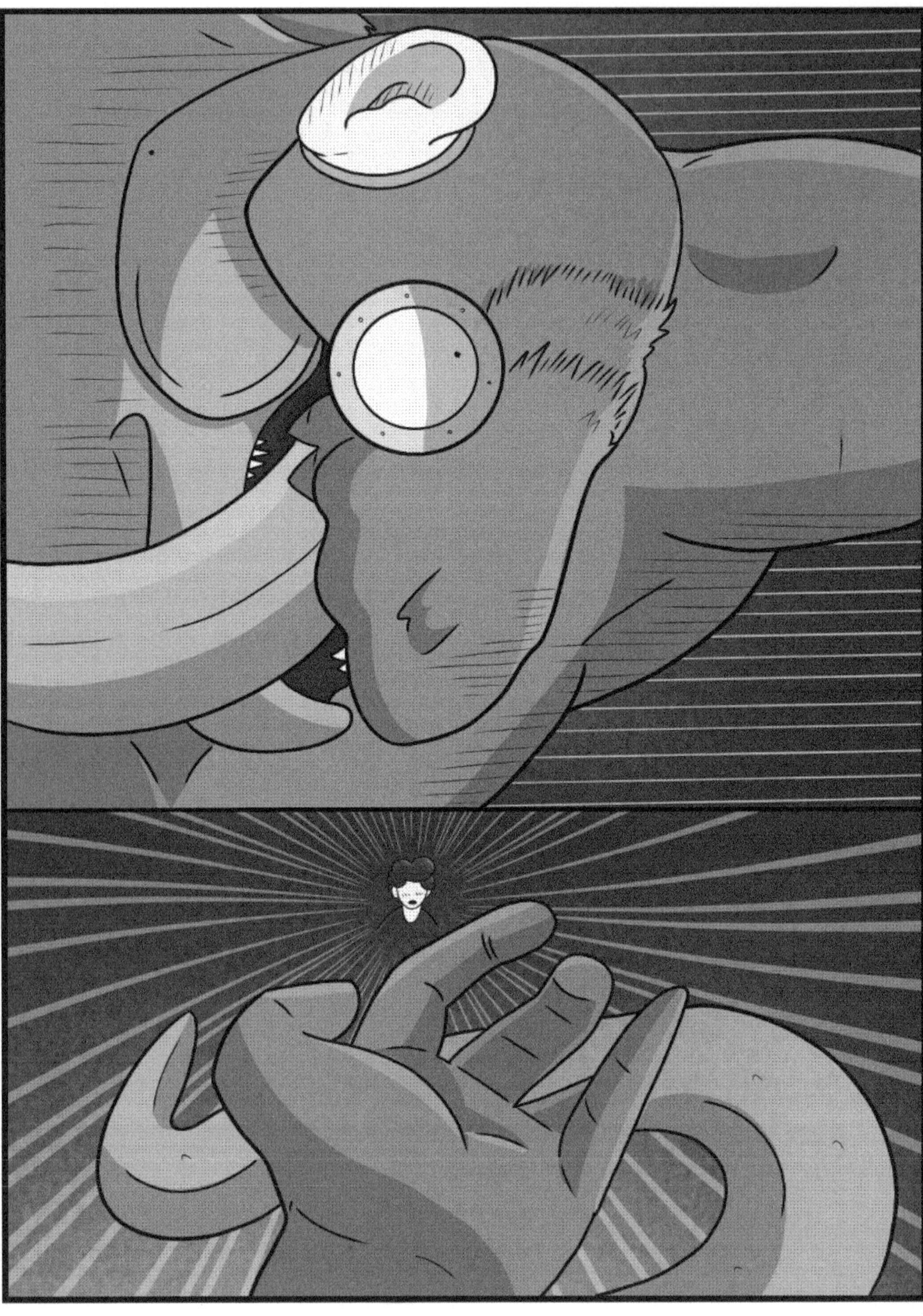

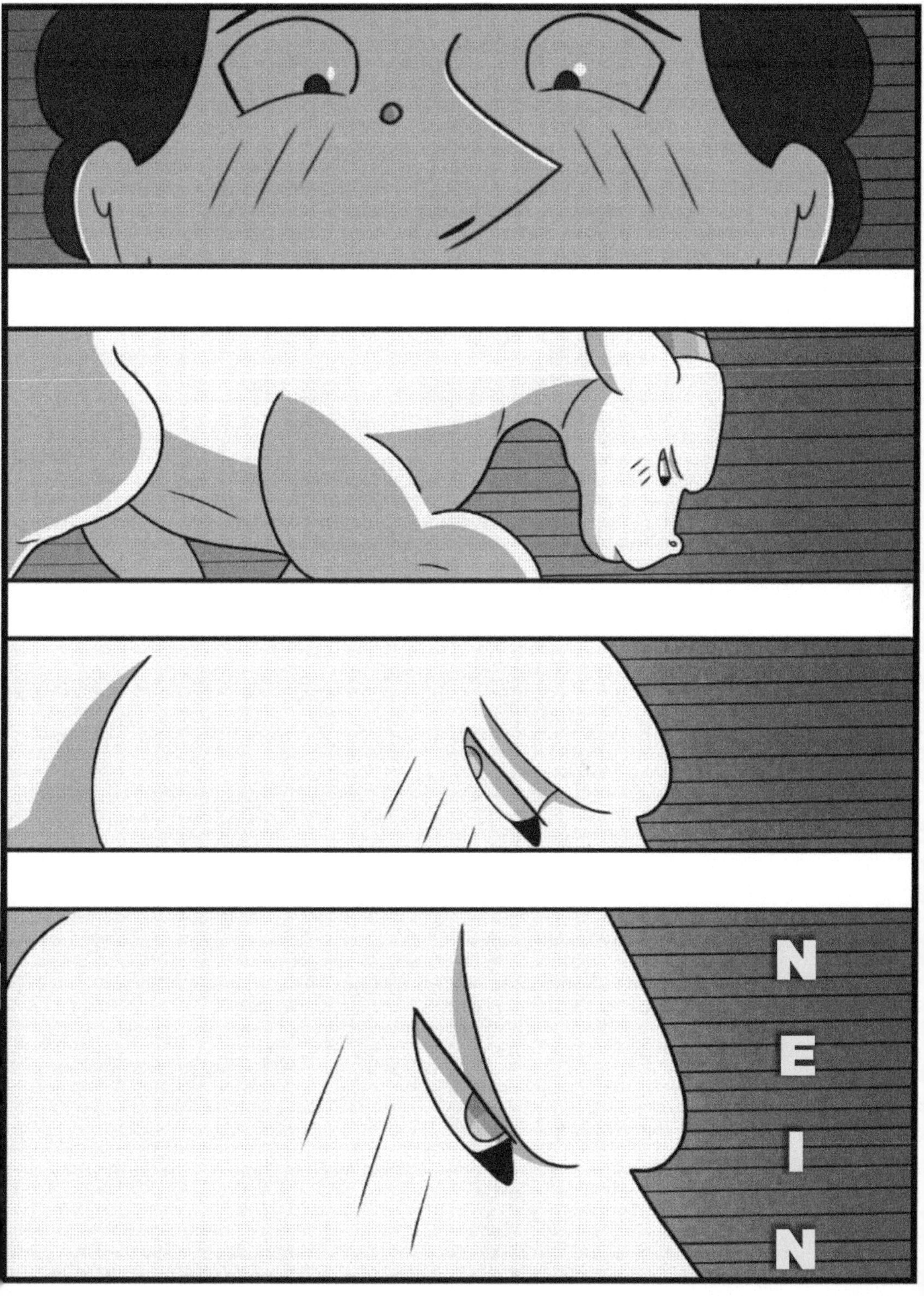
NEIN

Und so ist das passiert...
Was hältst du davon?
...
Argh!
Das war gerade ein größerer Cliffhanger als Infinity war...
Tss...
Ich sehe das Problem ehrlichgesagt nicht. Warum verplemperst du meine Zeit damit? Außerdem ist der Monolog am Angang viel zu lang!
Halt. Stopp, denkst du es war richtig den Jungen einfach im Stich zu lassen?
Natürlich war das eine gute Idee. Es war ein Mensch. Bei solchen Situationen verspüre ich ohnehin wenig Mitleid für sie.
...
Warte... du hast doch...
Murmel, murmel*

VOR 3 TAGEN
RASCHEL
ROAR
Ich bin nochmal zurückgerannt.

Ich weiß es war vielleicht unklug und naiv...
Tu mir einen Gefallen und LAUF so schnell du kannst!

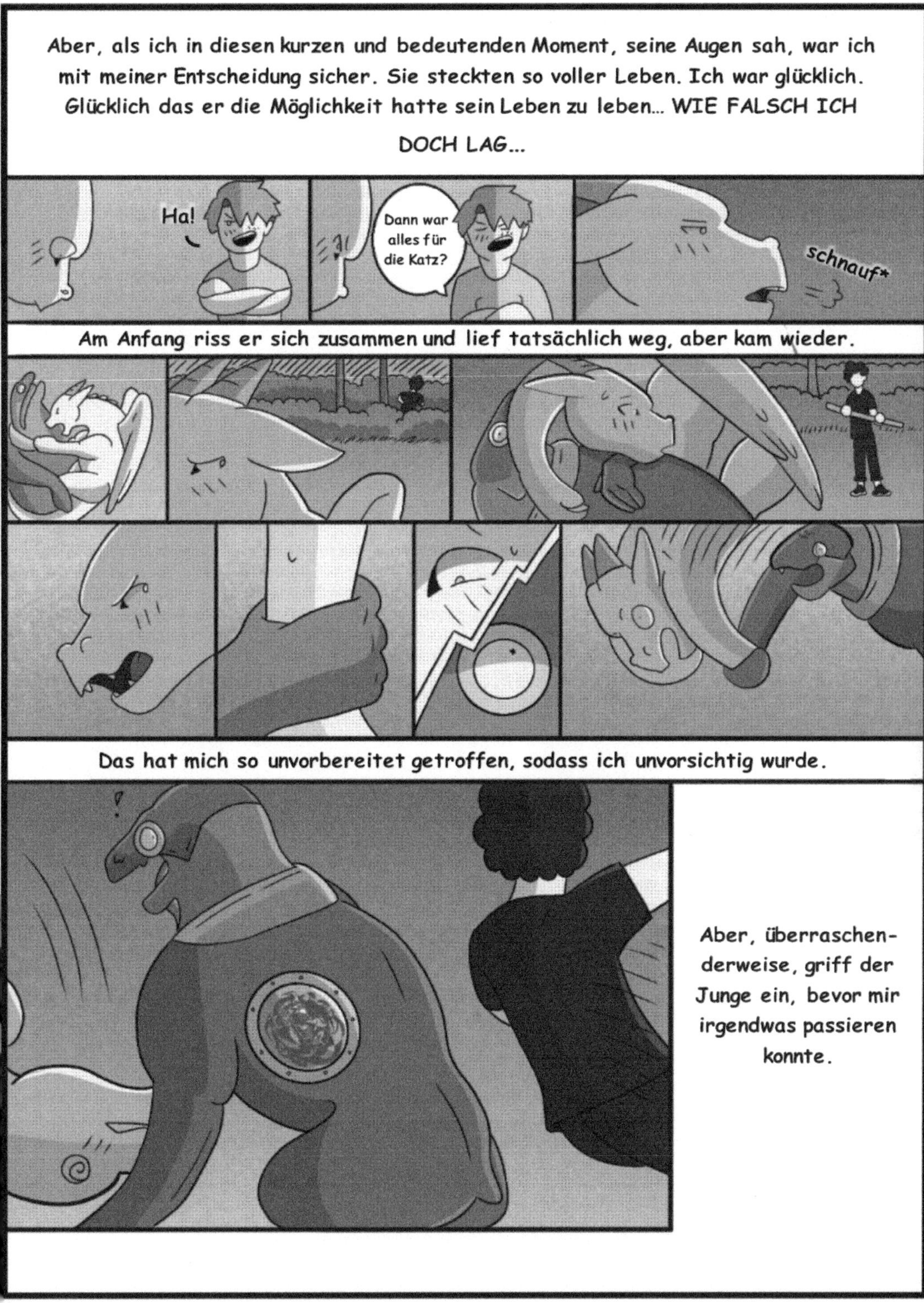
Aber, als ich in diesen kurzen und bedeutenden Moment, seine Augen sah, war ich mit meiner Entscheidung sicher. Sie steckten so voller Leben. Ich war glücklich. Glücklich das er die Möglichkeit hatte sein Leben zu leben... WIE FALSCH ICH DOCH LAG...
Ha!
Dann war alles für die Katz?
schnauf*
Am Anfang riss er sich zusammen und lief tatsächlich weg, aber kam wieder.
Das hat mich so unvorbereitet getroffen, sodass ich unvorsichtig wurde.
!
Aber, überraschenderweise, griff der Junge ein, bevor mir irgendwas passieren konnte.

Er hat also dein Leben gerettet... ein Mensch?
Naja, das Wort retten ist vielleicht etwas übertrieben, findest du nicht?
Dann muss es hart für dich gewesen sein. Dich darum zu kümmern.
Ja, was das angeht...
warte*
OK... willst zuerst die gute oder die schlechte Nachricht hören?
Die schlechte.
Er ist noch am Leben!
...
BUMM
Das läuft aber gut da drinnen...

Du hast ihn gehen lassen? Weißt du welche Konsequenzen das für uns hat?
Die gute Nachricht ist das ich weiß wo er ist!
Wo!?
Hier
3 ...2...
1...
Puff
Und klickst du hier drauf...
Aaah!
Click
Wäre deine Art nicht von Aussterben bedroht...
Ich weiß...

Aber das war längst noch nicht alles!
Vor 3 Tagen...

KAPITEL 2

*Roth 15 Jahre alt, weiß nicht viel über Mädchen bescheid...

Ich habe auch noch nie so ein Gebäude gesehen...
... irgendwie cool.

Hahh, unglaublich… ich weiß nicht mal wo ich bin und ich bin nicht mal beunruhigt. Bin ich wirklich so tief gesunken? Ich muss meine Gedanken sortieren…
Mir wurde dieses Mädchen vorgestellt. Sie heißt Alice. Sie scheint einen wirklich aufgeweckten Charakter zu haben. Sie verhält sich echt freundlich mir gegenüber, allerdings kann man kaum über ihr Misstrauen hinwegsehen.
Hey, du!
Zeigst du mir wie der Computer funktioniert?
Etwas an mir scheint sie zu beschäftigen… ich wurde den ganzen Tag hier rumgeschleift. Ich nehme es niemanden übel, aber ich hab so viele Fragen und ich bin mir nicht sicher ob ich gerade in der Position bin sie zu stellen. Das wiederum bereitet mir Sorgen.

Alle behandeln mich mit Vorsicht als wäre ich das Monster?
Hm, ich mach mir mal wieder viel zu viele Gedanken. In dieser Situation auch kein Wunder. Aber diese pessimistischen Gedanken helfen mir im Moment auch nicht weiter. Vielleicht sollte ich einfach...
Hey, geht's dir gut?
Was? Klar!
Du sahst nur so aus als würdest du über etwas Ernstes nachdenken...
Sie ist eine gute Beobachterin!

Nun ja...
Und ich kann es dir kaum verdenken! Du musst jetzt gerade sicher komplett verwirrt sein. Du bist gerade in eine neue Welt hineingestolpert. Eine Welt in der eure Mythen Realität sind!
Aber keine Sorge, ich werde deine Wissbegierde stillen indem ich dir die wichtigsten Fakten in alphabetischer Reihenfolgen aufzähle!
Das ist nicht nötig.
Das ist nicht was mich beschäftigt, weißt du...
Alice, darf ich dir eine Frage stellen?
...
Hey, aber klar doch!!!

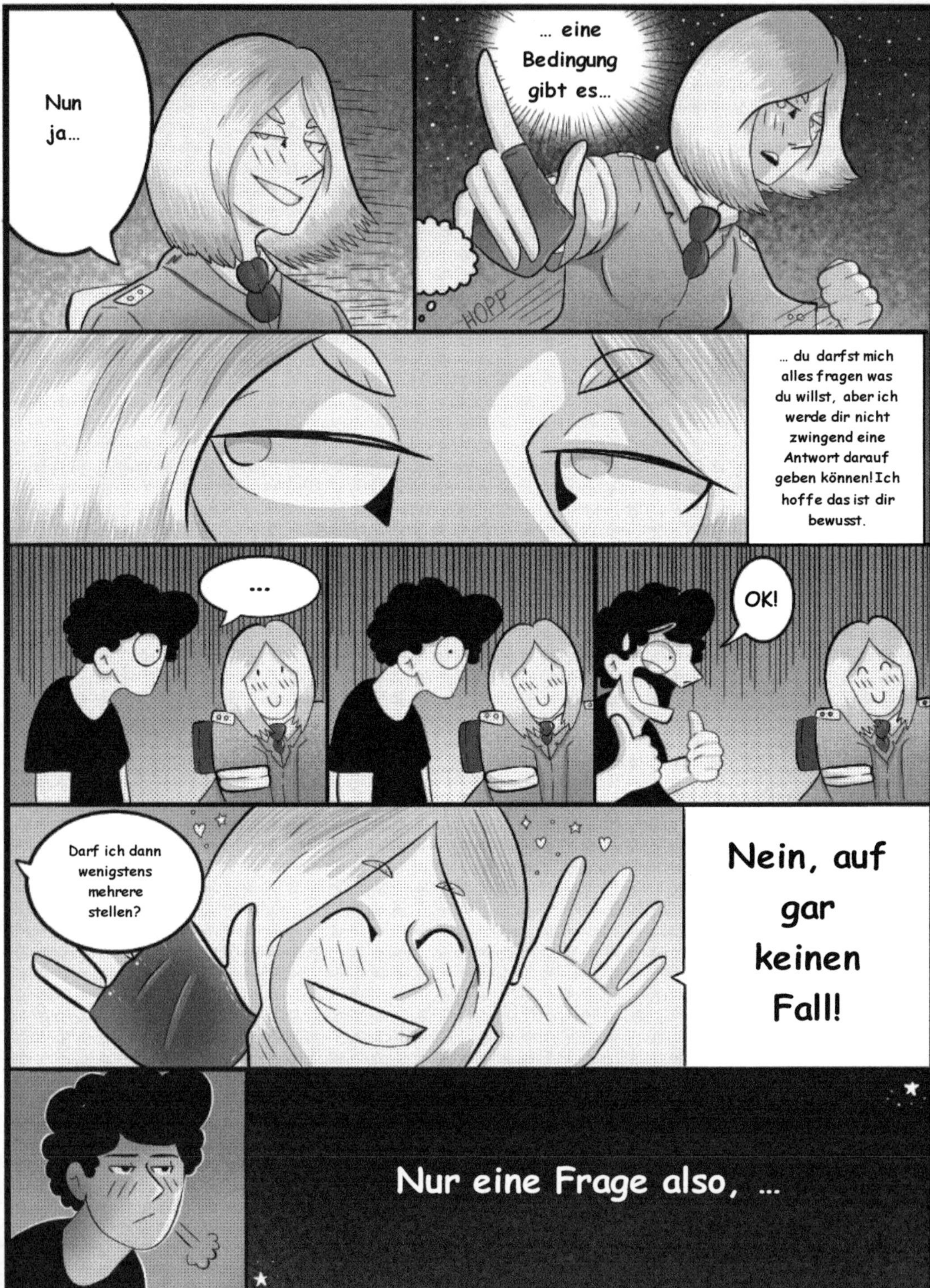
Nun ja...
... eine Bedingung gibt es...
HOPP
... du darfst mich alles fragen was du willst, aber ich werde dir nicht zwingend eine Antwort darauf geben können! Ich hoffe das ist dir bewusst.
...
OK!
Darf ich dann wenigstens mehrere stellen?
Nein, auf gar keinen Fall!
Nur eine Frage also, ...

Es ist schwer. Aber trotzdem weiß ich welche Frage ich stellen soll!
Ich bin verwirrt. Ich bin schon seit über einer Stunde…
… hier und ständig drängt sich mir dieselbe Frage in den Kopf…
… Alice… was soll ich hier?
Ach, so ist das…
… ich will ja nicht unhöflich sein, aber… das ist deine Frage?
Hä? J…Ja! Was ist falsch daran?
Nun ja, ich dachte das wäre selbsterklärend aber…
… ich helfe dir gerne auf die Sprünge.

Du willst wissen was du hier sollst, hah?
Diese Frage lässt sich ganz leicht beantworten, und zwar mit einer simplen Gegenfrage!
Was genau passierte vor einem Tag?

Vor einem Tag, sagst du?
Vor einem Tag:
KNACKS
RASCHEL
BUMM
Ehrlichgesagt weiß ich auch nicht genau was passiert ist!
DAS GIBT'S NICHT!

!!!
Ich war der erste der es sah.

DER BODEN BEBT!?
Überforderung war eine Art meine Gefühle in dem Moment zu beschreiben, aber im Nachhinein ist das Wort wohl etwas zu untertrieben...
DAS DING BEWEGT SICH!!!

BUMM!
Es klingt wahrscheinlich verrückt, aber als ich den Drachen das erste Mal gesehen habe, hat mich das nicht so innerlich umgehauen wie als ich diesen Riesen Baum Menschen gesehen habe.
Du meinst den Riesen?
Das war ein Riese?!

Keine Sorge, jeder hat sich die anders vorgestellt. Mal davon abgesehen, dass man sie seit Jahrhunderten nicht mehr gesehen hat, sind die Erzählungen, die ihr Menschen euch erzählt, nicht zuverlässig. Sie haben außerdem immer eine besondere Wirkung auf andere Lebewesen. In deinem Fall hast du ‚Angst verspürt. Habe ich Recht?
Ich hatte nicht nur Angst… ich hatte Panik!
Zitter

RUCK
Oh Gott, oh Gott, bitte nicht, bitte...
Alles was ich tun konnte, war es hinzunehmen, und zu hoffen das das Ungeheuer vor mir und das Licht, das ausstrahlte...
SWOOSH
... mir nichts tun würde Mehr konnte ich...
Blink*
Blink*
SWOOSH
... nicht mehr tun.

An den Rest, das was danach passierte, kann ich mich nicht mehr genau erinnern. Es ist alles so verschwommen. Ich wurde womöglich ohnmächtig.
SWOOSH
SWOOSH
Urgh… was zur Hölle…

BUMM!!!
Argh!!!
Fall*
Fang*

Das wars! An mehr kann ich mich nicht erinnern. Sagst du mir jetzt was das alles bedeuten soll?
Unbedeutend!
Das Wichtigste hast du mir noch gar nicht erzählt! Sag mir wie es sich angefühlt hat als du mit der Energie in Kontakt kamst?
Was, meinst du dieses Helle Zeug da?
Oh man, bitte sag das doch nicht so zweideutig.
Argh, ... sag schon!!!
Schon gut, schon gut...

Naja, es ist schwer zu erklären. Es fühlte sich so an als könnte ich nicht mehr atmen weil kein Platz für Luft übrig war. Ich dachte, für einen Moment ich würde von innen her zerreißen. Wenn ich daran nur daran denke, fühl ich wie es sich in mir bewegt. Wie ein Fremdkörper.
Hahh
Hoch wie pric-kelnd.
Trotzdem, bin ich etwas enttäuscht… ich habe es mir etwas anders vorgestellt.

Aber es macht Sinn!
Auch bestimmt weil Menschen sich einfach zu wenig mit der Welt befassen und nur in die eine Richtung denken, huh?
Könnten sie es, ...
... wäre es wahrscheinlich eine ganz andere Welt! Vielleicht sogar eine bessere.

Aber du hast keine Ahnung wovon ich spreche…
BUMM
DU…
… BIST…

TOD
oh...
oh...

KAPITEL 3

AARR...
UFF
... GGGH
BADABUMM
Woah! Shane, lass das, du tust ihm noch weh!
Das ist der Plan!
Hilfe!

Er soll winseln!
Hmpf!
Winsel!, Winsel!
Shane, lass ihn bitte los...
Seufz*
Das bringt doch nichts.
HA!
Das hättest du wohl gerne!

Ernsthaft du bist echt kindisch! Du sollst ein Clanleader sein? Schäm dich!
Hey, ich will doch nur sehen was dieser Typ drauf hat! Und Alice, hör endlich auf dich wie meine Mutter zu benehmen. Ich bin ein Jahr älter als du!
Dann benimm dich auch so!
Also, du bist dann wohl Shane...
Klappe!
OK
Also, das soll er sein?
Unser letzter Trumpf um uns vor den Menschen zu verteidi-gen?

Ein verfluchter Mensch?
Sieht doch ganz vielversprechend aus, oder Sturm?
Meh...
Nicht unter meiner Aufsicht!
Was hat sich die Welt dabei gedacht? Ausgerechnet einen Menschen zu den Patronen zu machen, das ist wohl ein schlechter Scherz!

Ein bitte was?
DRUCK
Ich stimme dir zu, Shane. Das hat es noch nie gegeben. Das ist auch der Grund warum wir uns bereitwillig der Sache stellen sollten.
Natürlich hat es das noch nie gegeben!

Sie sind doch der einzige Grund, warum es Patronen überhaupt gibt! Gegen sie kämpfen wir doch die ganze Zeit! Menschen zerstören mit reinen Gewissen unsere Welt. Sie sind egoistische und zerstörerische Wesen! Sieh dir nur unsere Vergangenheit an! Ausgerechnet du Sturm solltest außer Rand und Band sein. Der Clan kämpft seit Jahrhunderten gegen diese Primitive Rasse.

Sie sind ein wahrer Dorn im Auge! Und jetzt wollt ihr mir erklären das ein Mensch, ausgerechnet ein Mensch nicht nur der Patron,…
… der Beschützer der Welt sondern auch meines Clans sein soll? Ich kann das unter keinen Umständen zulassen!

zitter*
blink*
ES REICHT
!!!
!!!
kratz*

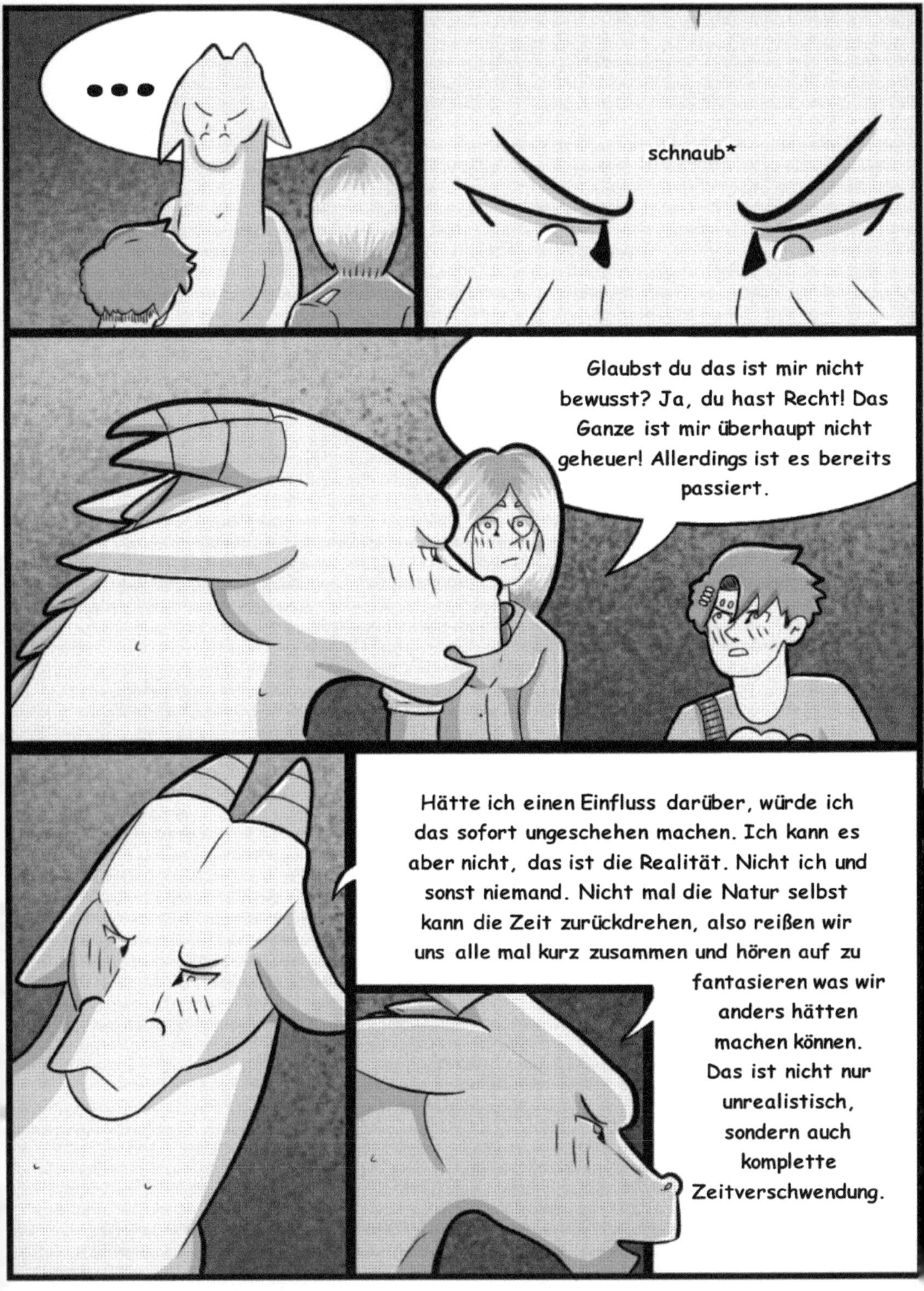
...
schnaub*
Glaubst du das ist mir nicht bewusst? Ja, du hast Recht! Das Ganze ist mir überhaupt nicht geheuer! Allerdings ist es bereits passiert.
Hätte ich einen Einfluss darüber, würde ich das sofort ungeschehen machen. Ich kann es aber nicht, das ist die Realität. Nicht ich und sonst niemand. Nicht mal die Natur selbst kann die Zeit zurückdrehen, also reißen wir uns alle mal kurz zusammen und hören auf zu fantasieren was wir anders hätten machen können.
Das ist nicht nur unrealistisch, sondern auch komplette Zeitverschwendung.

Kein Bisschen!
Natürlich war es nicht meine vernünftigste Entscheidung und für meine Naivität entschuldige ich mich aber…
… jetzt brauche ich eure Hilfe!

Wenn wir etwas wissen, dann das die Natur immer einen Weg findet, also wäre das sowieso unvermeidbar gewesen. Ich werde ehrlich sein...
... ich bereue es nicht diesen Menschen...
... gerettet zu haben!

starr*
eb*
fall*
BUMM
...

Wow… ich versteh…
… nichts…
… Aaaaaaaaaaaaaaaaaa aaaa aa aaa aaaaa aaaaaaa aaah
Oh man, jetzt kommt die Panik durch…
Sturm…
Ja!
Wenn du denkst …

… das ich dir trotz allem noch helfen werde, dann…
… muss ich dich leider enttäuschen.
Was ist der Clan? Wo bin ich hier? Was zur Hölle wollte dieser Psycho von mir? Und warum sprecht ihr so über Menschen? Ihr seid doch selber welche! Was für eine kranke Sache läuft hier?
Such dir deine Hilfe woanders!

Was...
Was? Ich bin doch kein Mensch!
Huh?
Shane, WARTE!!!

WARTE BITTE
... ICH
... ICH
... KANN DAS NICHT ALLEIN
dreh

Tss
Genug!

Du bist kein verdammter Hund, also lauf mir nicht hinterher, ja?
Hey!
Warte!!!
Ich kann jetzt nicht einfach aufgeben!
Ich muss ihn überzeugen!

Ich weiß es ist hart für das zu akzeptieren. Aber ich bitte dich doch nur um eine Sache…
… BITTE HÖR MIR ZU!
Ich sagte du sollst mich in Ruhe…
Huh?

Uhu!
red
Was...
!
red
Hey, was zum...
Shh, sei für einen Moment lang still!
red
fummel*

Shit!
Alice, Code 24!
Wir müssen los, jetzt!

KAPITEL 4

Echt jetzt?
Komm mit! ♡
Pack*
Endlich wieder etwas Spannung in meinen Leben!
Warte!

Ich war schon...
... so lang nicht mehr draußen!
Du nimmst ihn mit?!
Klar! Er muss sich dran gewöhnen, oder?
Klopf Klopf*
brech bröseI*

Mir gefällt die Idee ganz und gar nicht!
ZU SPÄT!
Na ja, wenn er drauf geht, haben wir ein Problem weniger...

Bist du bereit?
Shane*
Auf jeden Fall!
Alice*
I... Ich nicht!
Roth*

Brösel*
Achh… war das nicht Klasse, Roth? Es macht immer wieder Spaß, denkst du nicht auch?
Au
Sssh! Konzentrier dich! Wir sind extra ein Stückchen weiter von der eigentlichen Stelle entfernt. Nur für den Fall das es außer Kontrolle geraten ist.
Tss! Du bist immer so versteift! Entspann dich doch mal! Hab ein bisschen Spaß!
Wir sind sowieso nicht so oft draußen!
Deine Gelassenheit verblüfft mich immer wieder, Alice.
Danke
♡
Hey, das war doch jetzt nicht ironisch gemeint!

Tss...
wow
...
Hey Mensch!
Alles klar?
!
Was ich? Ähm, ja... klar.
...
Schade.
Hey, sei nicht so gemein, du Trottel! Der erste Eindruck zählt!
... aber, warum sind wir eigentlich wieder draußen? Wenn du einen Tunnel öffnest muss es etwas wichtiges sein.
Hey!
Komisch das du erst jetzt fragst. Normalerweise, hältst du deine Neugier nicht zurück.
Aber du hast nicht Unrecht! Du erinnerst dich an die Patrouille die ich heute Nacht hier stationiert habe, richtig?
Oh, meinst du Sascha und Lennox? Natürlich! In letzter Zeit wurden hier in der Nähe, gemäß unseren Aufzeichnungen, jede Menge Halbgroße Tiere gerissen, allerdings nicht gefressen. Wir sind davon ausgegangen das es sich deshalb nicht um ein gewöhnliches Tier handeln kann.

Also, mussten wir der Sache nachgehen bevor die Menschen darauf stoßen!
Etwas präzise aber ja! Vor allem, weil die Raubtiere in dieser Gegend, nicht in der Lage sind so große Tiere zu töten. Geschweige denn in so großen Massen.
DIE PATROULLIE
Deshalb schickte ich die beiden heute raus um die Gegend zu erkunden.
Sascha
Lennox
Ich dachte nicht dass sie heute etwas finden würden, aber anscheinend lag ich falsch.
SOS! Fall 24: Fabelwessen der Klasse 4.

KLASSE 4?!
Hi… ähm, ich versteh wieder nichts.
Ja…
Ganz einfach, ich erklär dir das!
Fabelwessen sind in 6 Klassen unterteilt. Je höher die Klasse desto gefährlicher ist es.
--- Fabelwesen --- Klassen:
Zuständigkeitsbereich PROFIS (immer mindestens zu zweit!)
Zuständigkeitsbereich: Patrouille
6
5
4
3
2
1
Patrouillen wie diese sind in der Lage Fabelwesen der Klasse 1 bis 3 zu bewältigen. Ab Klasse 4 kommen wir ins Spiel.
Bessergesagt ich. Shane ist immer viel zu beschäftigt um auch nur daran zu denken auf irgendeine Art und Weise sein Zimmer zu verlassen.
Werde nicht gleich übermütig. Das Wesen womit wir es zu tun haben, kann ziemlich ungemütlich werden. Deshalb hab ich trotz der Umstände niemand anderen damit beauftragt.

Außerdem...
Ist dir gar nicht aufgefallen das heute Vollmond ist?
Nein! Sag mir nicht dass ich denke was es ist!
Schon wieder? Argh, wie ätzend!
Halt, warte! Vollmond? Sprechen wir hier über einen Werwolf?
Nein, Werwölfe sind viel unkomplizierter, höchstens ein Klasse 2. Dieses Wesen ist weitaus nerviger.
zitter*

W... Was ist es?
...
...
Ein bitte was?
Ein Einhorn.
Ausgerechnet ein Einhorn...
Heute habe ich echt keinen Nerv dafür.
ALICE! HIER SIND WIR!
Alles in Ordnung?
Lennox!

Alles OK?
Ja, wir haben uns schon um alles gekümmert. Wir konnten es in der Nähe der Klippe festhalten!
Ja. Aber nicht für lange! Ihr müsst euch beeilen! Es ist diesmal außerordentlich stark.
Btw, wer ist der neue? -Lennox
Es ist egal. -Shane
Ich bin Roth ☺ -Roth
Oh, hi Roth! ☺ -Lennox
Lennox! -Shane
Urgh!
Hey, alles gut Sascha?
Bist du verletzt?
Geht schon.. wir haben es absichtlich dort drüben gefangen weil in der Nähe eine Höhle ist. Dort könnt ihr es fangen!
Das wäre wirklich nicht nötig gewesen! Eure Gesundheit geht uns über diese Bequemlich-keiten!
Glaubst du das weiß ich nicht?
Macht euch mal keine Sorgen um uns...
Für den Clan würde ich mein Leben geben!

Danke, das bedeutet mir viel!
Lennox, begleite sie nach unten und seid vorsichtig wenn ihr einen Tunnel benutzt! Habt ihr die Gegend schon abgesichert?
Ja, Sir!
Gut, wir übernehmen ab hier!
Danke Sir!

Waren das Mitglieder des Clans? Verrückt wie ruhig sie in so einer Situation bleiben. Kein Wunder das sie sich so gut mit Shane verstehen.
Mir ist vor Aufregung schon ganz übel. Ich fühle mich so fehl am Platz. Wie soll ich hier zurechtkommen ?
raschel
Ich kann gar nicht einschätzen wie ich mich verhalten soll, oder was auf mich zukommt!
Was soll ich hier?
Sie sind süß miteinander, oder?
Was, sie sind zusammen?
Seit wann?
Aaaaah!!!

D...
D...
Was ist los?!
RASCHEL
RASCHEL

Fakten über meine Charaktere

- Geburtstage: Roth 18.Oktober Waage
  Shane 26.Dezember Steinbock
  Alice 15.Juni Zwilling
- Sturm liebt Enten
- Shane ist Vegetarier
- Roth ist eigentlich blond, aber er färbt sich die Haare schwarz.
- Drachen Sonnen sich im Sommer um ihre hohe Körpertemperatur aufrechtzuerhalten.

Kennenlern Runde: Wie alt bist du?

Shane: Ich bin 17.
Alice: Und ich 16!
Roth: Ich bin 15 Jahre alt.
Alice: Seht ihr? Drei Zahlen nacheinander. Das ist ein gutes Zeichen!
Sturm: Ich bin 927 Jahre alt.
Shane: ...
Roth: ...
Alice: ...
Shane: Ja, das sollten wir lieber vergessen...

ROAR

Bleib hinter mir!
Nicht heute!!!
PUSCH

E… Er hat sich einfach reingestürzt…
… ohne zu zögern… hat er denn keine…
zitter
Hey…
… Angst?
Alles gut, Roth? Keine Sorge, es ist wahrscheinlich etwas viel für dich gerade, aber das wird schon, halb so schlimm!
Also… ähm… das war ein Einhorn?
Jap! Ich weiß ihr Menschen stellt sie euch ganz anders vor. Am Tag, oder solange kein Vollmond ist, kommen sie euren Vorstellungen näher. Pferde mit einem Horn auf der Stirn. Im Vollmondlicht verwandeln sie sich in gewalttätige Monster.

Einer Legende zufolge, teilen sie sich denselben Fluch wie die Werwölfe. Wer den Fluch ausgelöst hat wissen wir nicht, aber wir wissen das dass er nur bei Vollmondlicht ausgelöst wird. Normalerweise, reicht es wenn das Tier...
irgendwo im Dunkeln Unterschlumpf findet, aber manchmal reicht das einfach nicht. Jedenfalls ist es unglaublich traurig dass du, dein erstes Einhorn in dieser Form siehst. An sich sind sie ziemlich korrekte Wessen. Nur etwas depressiv vielleicht...
Und was können wir jetzt machen?
Warum riecht es hier auf einmal so?
Mist!
!
Ihr geht's gut! Wir müssen es erstmals vom Mondlicht weg- kriegen!
Ähm...
Dort drüben!
Du musst...

GROAR
Pass auf!
Sorry
WARTE...
Er hat es auf...
... ihn abgesehen

Warum?
Hey!
Du!
Rock, das ist doch dein Name!
Nein, ich heiße Roth...
Spielt keine Rolle!

Hör mir jetzt zu du Trottel! Du bist jetzt der Patron. Wenn jetzt jemand nervös sein sollte, dann ich! Also spiel dich nicht so auf! Deine Aufgabe ab heute ist recht simpel und ich hoffe dass dein primitives Menschenhirn es versteht. Du musst bis an dein Lebensende den Clan beschützen. Ist das klar?
Oh man ist das schwer!
Aber... Ich...
Nichts aber! Dein Leben wird sich ab heute verändern! Ab heute bist du kein Mensch mehr. Du wirst nie wieder nach Hause können oder ein normales Menschenleben führen. Wenn du das nicht willst hast du Pech gehabt also sei ruhig! Wir stehen gerade ziemlich unter Zeitdruck deshalb sag ich dir das jetzt nur einmal!
Shane!
Verdammt... ALICE LASS ES LOS!
Ah, ich verstehe...
Ab heute Roth sind wir verbündete, auch wenn es dir nicht gefällt. Das heißt das du mir und ich dir vertrauen muss.

Deshalb… musst du jetzt genau tun was ich sage, egal wie verrückt es klingt.
Was?*

BAFF
SWOOOOM
BANG

Renn so schnell du kannst zur Höhle und beweg dich nicht vom Fleck bis ich dir was sage!
Wow, ist der stark… ob ich…
… das wohl auch hinkriege?
Roth! Tu was er sagt! Er weiß was er tut!

Oh man, das ist so verrückt...
OK, OK, OK... ich muss laufen! Das kriegst du hin Roth! Das kriegst du hin!

Nicht so schnell Freundchen!
ROAR
Und dahin geht mein Selbstbewusstsein...

HA!
Aber, hey! Es ist nicht mehr so weit weg! Noch ein paar Meter!
Hmm, lustig wie du denkst, dass das hier alles so einfach ist.
Aber so läuft das hier leider nicht, Patron.
Entweder du gehst damit um...
... oder du stirbst.

Was wirst du tun?
Ihr wollt mich doch verarschen...
Achtung!

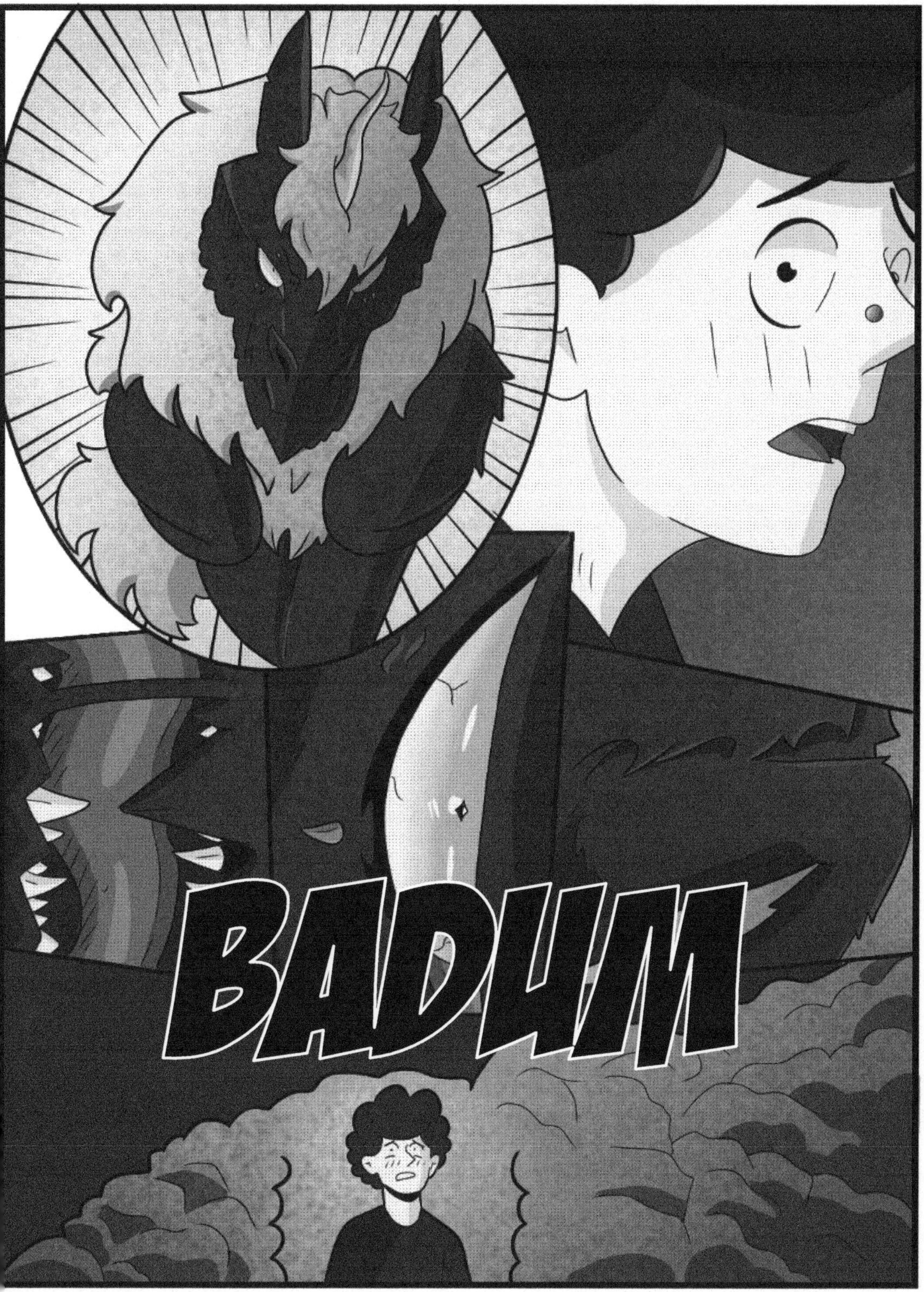
BADUM

KAPITEL 5
I...Ich... kann nichts tun!
?!
Verdammt reiß dich mal zusammen!

Sturm! Da bist du ja!
Hättet ihr mir gesagt wo ihr hingeht, hätte ich nicht so lange gebraucht!

Denk nach
Sturm...
Wir müssen es auf jeden Fall aus dem Mondlicht wegkriegen! Die Höhle wieder frei zu machen dauert viel zu lange. Weder ich, noch die drei anderen würden das rechtzeitig hinkriegen. Es gibt nur eine Möglichkeit die mir einfällt!
Ihr drei haltet die Stellung!

FLACKER
FLACKER
Ein Sturm zieht auf…

DRUCK

BUMM
Swoosh*
Was war das?
KNURR
STOP

Keine Sorge
ich komme!
STRECK
ZUCK

KICK

GROAR
Stopp

STOPP!
HÖR AUF!
T
Stopp
S
Stopp
Stopp
STOPP
P
STOPP
DONNER
. . .
Bitte... Bitte... Stopp!
Lass mich in Ruhe... ich... ich... will nicht!
Huh?

TROPF
TROPF
GROLL
Woher kommt auf einmal der Regen?

KAPITEL 6

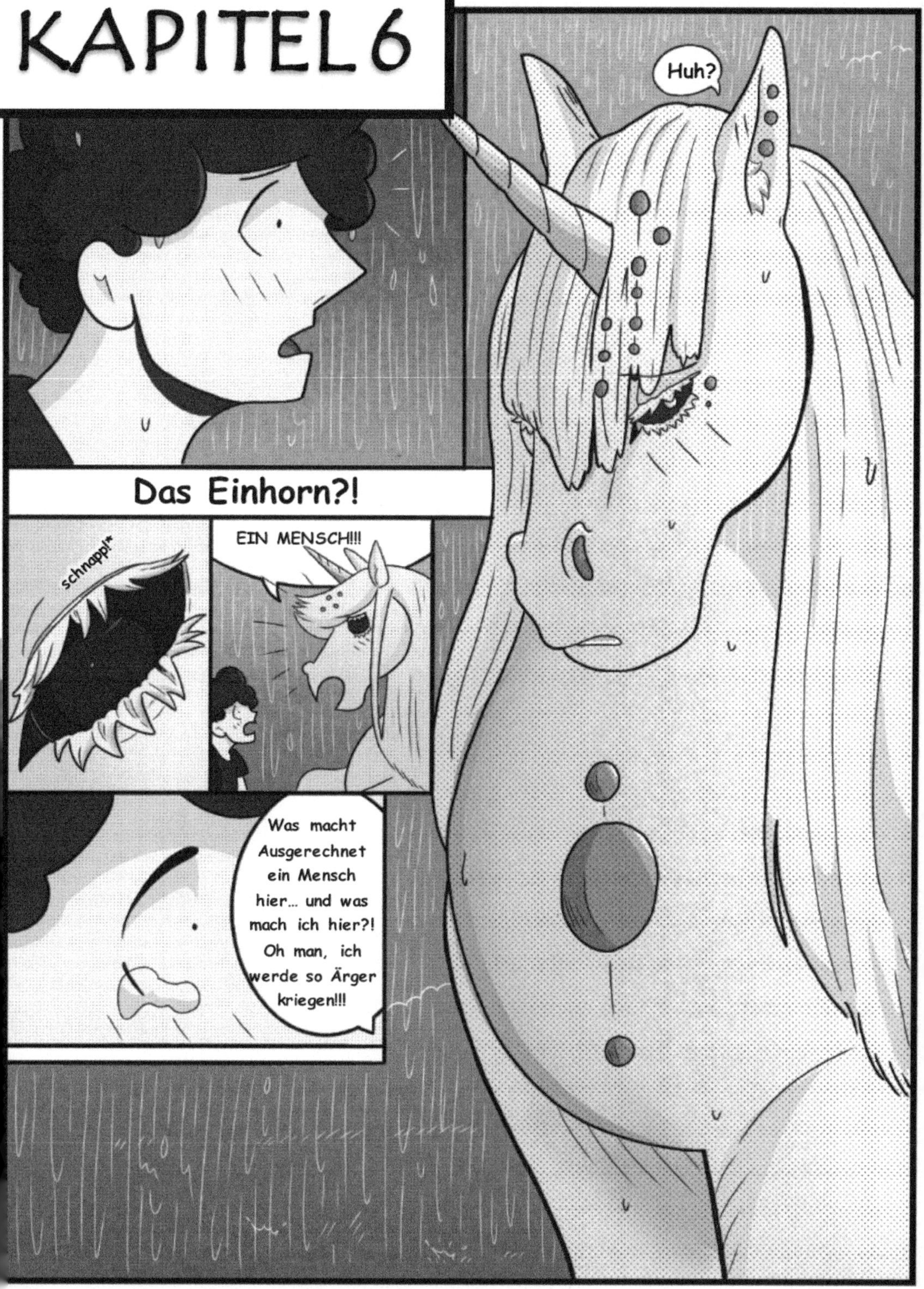
Huh?
Das Einhorn?!
schnapp!*
EIN MENSCH!!!
Was macht Ausgerechnet ein Mensch hier... und was mach ich hier?! Oh man, ich werde so Ärger kriegen!!!

Halt, stopp, was ist passiert?!
Hi, ich bin wieder da! Seit wann regnet es?
...
Ahh, erschreck mich nicht so!
Ah, sieht aus als hätte Sturm das hingekriegt!
Sturm?! Der Drache?
Ja!
Sie hat einen Sturm erzeugt damit du vom Mondlicht wegkommst!
Wow, manchmal vergesse ich wie stark Drachen sind...
Ursprünglich wollten wir dich in diese Höhle befördern aber dann ist das passiert.
Was war das?
Keine Ahnung, es ist höchst ungewöhnlich...

Naja, wir haben es auch so geschafft! Hey Roth, bist du nicht aufgeregt? Das war deine erste richtige Mission! Ich meine, du hast nicht viel dazu beigetragen, aber darum geht's gar nicht, oder?
Nur zum Verständnis, du auch nicht Alice!
Und du erklärst mir jetzt warum zur Hölle du draußen warst!
Ähm... Ich...
... ich kann es nicht genau erklären...
Es tut mir so leid?! Mir ist das so peinlich, ich will heulen!
Argh, schon gut, sei nicht gleich so dramatisch.

Hey Roth, alles OK? Du siehst so...
FASS MICH NICHT AN!
DU FRAGST NICHT ERNSTHAFT WIE ES MIR GEHT, ODER?

ICH WURDE HIER BEINAHE AUFGEFRESSEN VERDAMMT!
ICH HABE DIE SCHAUZE VOLL! STÄNDIG SCHUBST MAN MICH HIER RUM UND SAGT MIR WAS ICH TUN SOLL!
UND MIR WIRD NICHT MAL GESAGT WARUM!

NEIN!
ICH HAB KEINEN BOCK MEHR WAS AUCH IMMER IHR HIER ZU FABRIZIEREN VERSUCHT, LASST MICH DA RAUS!
VERSTANDEN?
SLAP!
Bist du fertig?
Na gut... fangen wir von vorne an... mein Name ist Shane.

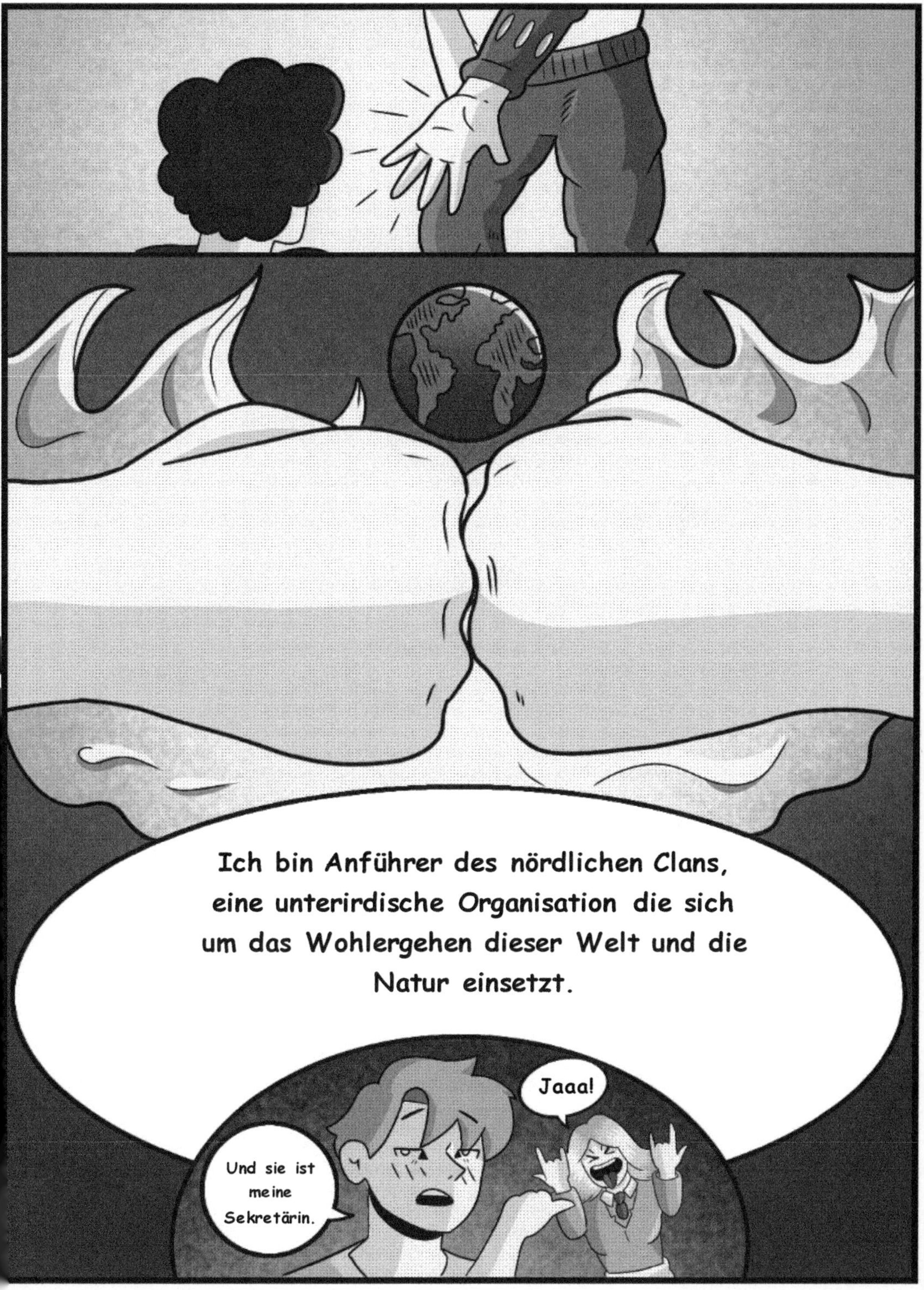
Ich bin Anführer des nördlichen Clans, eine unterirdische Organisation die sich um das Wohlergehen dieser Welt und die Natur einsetzt.
Und sie ist meine Sekretärin.
Jaaa!

Der Clan beschützt, nicht nur die Natur, sondern verbirgt Wesen wie das Einhorn oder Sturm vor den Menschen. Warum kannst du dir wohl selbst erklären.

Ich bin dafür verantwort-lich die Fehler der Menschen wieder gut zu machen.
Deswegen wirst du wahrscheinlich wissen wie ich zu Menschen stehe.

Aber jetzt zu dir!
Die Begegnung die du vor drei Tagen hattest, war kein Zufall!
Die Gestalt die du gesehen hast war ein Riese.

Was einen Riesen so besonders macht ist das sie sich nicht zeigen. Wir wissen so wenig über sie. Was wir aber wissen, ist das sie eine extrem enge Beziehung mit der Natur führen und mächtig sind. Man sagt, sie zeigen sich nur wenn sie für die Welt kämpfen müssen, oder sie einen Patron auswählen.

Der Patron?
Das kommt dir bekannt vor, oder?
Vor drei Tagen, ist etwas Besonderes passiert. Ein neuer Patron wurde ausgewählt. Das passiert nur selten und zwar wenn ein Ereignis Eintritt das die Erde alleine nicht bewältigen kann.

Asteroiden Einschlag
Die Aufgabe des Patronen ist diese Katastrophe zu verhindern…
Wald brände
… und die Welt und die Natur zu schützen
Tsunamis

Patronen können in allen möglichen Formen auftreten. Bis jetzt konnte auch jeder Patron die Katastrophe verhindern.
Und was hat es mit mir zu tun?
Du bist, bedauernsweise der jetzige Patron, das heißt du musst entweder was Besonderes sein oder ein GROßER Fehler...
begeistert bin ich nicht*

Kannst du das nicht machen?
Du weißt nicht wie gern ich das würde...
Aber wie kann jemand wie ich so etwas verhindern, wenn ich mir nicht mal selbst helfen kann?
...
...
Warte... wäre es möglich...

Das wir ihm erklären wie die Erdenergie funktioniert?
Warum sollte es bei ihn nicht funktionieren?
Schließlich kann jeder die Energie benutzen.
Das ist das einzige was mir einfällt!

Das ist nicht mal eine schlechte Idee…
Aber könnte das auch funktionieren?
Allerdings, ist jedes Lebewesen auf diesem Planeten in der Lage beliebig darauf zuzugreifen, wenn wir Kraft und Hilfe benötigen.
Die Erdenergie kommt aus dem Erdkern und ist die Quelle der Lebenskraft der Erde!

Die Energie kann man in vielen verschiedenen Formen einsetzen. Hexen und Zauberer verwenden sie für Heilungen oder um bestimmte außergewöhnliche Tätigkeiten auszuführen.
Menschen haben es „Magie“ genannt, nur gibt es so etwas wie Magie tatsächlich gar nicht! Alice und ich benutzen die Energie schon seit wir klein sind. Du kannst sie auch benutzen, wenn du verstehst wie es funktioniert.
Das können wir dir beibringen. Diese Energie war schon immer die fundamentale Kraft des Patronen.
Also ist das Magie?
ES IST KEINE MAGIE DU SCHMÄCHTIGER RETTICH!

Ich kann dir zeigen wie es geht aber ich warne dich!
Die Energie zu benutzen verlangt viel eigene Energie ab! Das heißt dass es unglaublich anstrengend sein kann! Körperlich und Psychisch. Wenn man sie falsch einsetzt kann es drastische Folgen haben.
Aber keine Sorge!
Alles wird gut werden!

Schnapp*
Wow...
Und ich werde dir beibringen was du brauchst.

So, der Regen sollte noch ein paar Stunden andauern, allerdings würde ich mich nicht zwingend drauf verlassen!

Danke dir Drache!
Jaja, kein Ding… aber sag jetzt! Was hattest du draußen eigentlich zu suchen? Einhörnern ist es verboten an Vollmondnächten raus zu gehen und ich glaube das weißt du!
Ich… ich weiß es nicht mehr. Ich erinnere mich nur noch daran, dass ich mir ein Unterschlupf gesucht hatte.
Es ist komisch… ich kann mich nicht…
… entsinnen es je verlassen zu haben.

Oh man, wie verpeilt!
Warte, das hätte ich beinahe vergessen! Hast du zufällig hier letztens gejagt? Das wird langsam zu einem wirklichen Problem! Wir haben eine Patrouille darauf angesetzt aber es kann nichts dabei raus!
Was ich?! Nein! Ich jage nur wenn ich in meiner Vollmond-Gestalt bin. Das war das erste Mal seit fünf Jahren. Ich kann es nicht gewesen sein! Wirklich!

Ist dir hier letztens wenigstens irgendwas Komisches aufgefallen?
Nicht das ich wüsste. Ich bin in dieser Gegend recht alleine. Das einzige was hier letzter Zeit anders ist, ist das es hier seit einiger Zeit nach Mensch riecht.
Ja, der Geruch ist mir auch schon aufgefallen…
Ja…
… mir auch.
Jeden falls…
Danke für deine wage Aussage, und jetzt gehe und suche dir einen Unterschlumpf bevor sich der Regen lichtet.

Es war ein Vergnügen Sie kennengelernt zu haben.
Ja, ja... schon gut.
Sie auch... Patron.
Danke...
Wir brechen auch auf!
Jap!
WAS?! WOHIN!

Wir werden jetzt herausfinden welche Katastrophe auf uns zukommt.
Shane
Was? Und wie kriegen wir das raus.
Roth
GANZ EINFACH! Wir besuchen jetzt ein uraltes allwissendes Wesen! Jeder Patron ist bisher zu ihm gegangen um sich auf seine Mission vorzubereiten.
In deinem Fall müssen wir dich begleiten weil du noch zu unfähig bist.
Was?
Weiter!

Was ist das für ein Wesen? Bitte kein gefährliches...
Ach keine Sorge es ist nur etwas unheimlich vielleicht. Es ist...
Der Chupacabra
Von dem hab ich schon gehört! Aber ist die Legende nicht aus...
Mexiko? Ja, da müssen wir hin!
Aber das ist doch am anderen Ende der Welt!
Na und?
Wie „Na und"?! Wie kommen wir da hin?

NÖRDLICHER CLAN
Der Clan ist, dank der Erdenergie, in ständiger Bewegung. Das ist nicht nur deshalb praktisch, weil wir so unentdeckt bleiben sondern auch weil wir innerhalb kürzester Zeit große Strecken zurücklegen können.

Um in den Clan zu gelangen
muss...
stampf*
stampf*
...
!?
... man zwei Mal auf den Boden klopfen. Das einzige unpraktische an der Sache ist das der Clan nicht überall auf einmal sein kann...
VERDAMMT!
Hey, heißt es etwa dass man überall auf der Welt hinreisen kann? Auch nach Japan oder der USA?
Da hat jemand eine Leidenschaft fürs Reisen!
Naja, nicht ganz. Ich habe noch nie das Land verlassen. Ich würde gerne aber meine Familie nimmt mich nicht gerne mit.

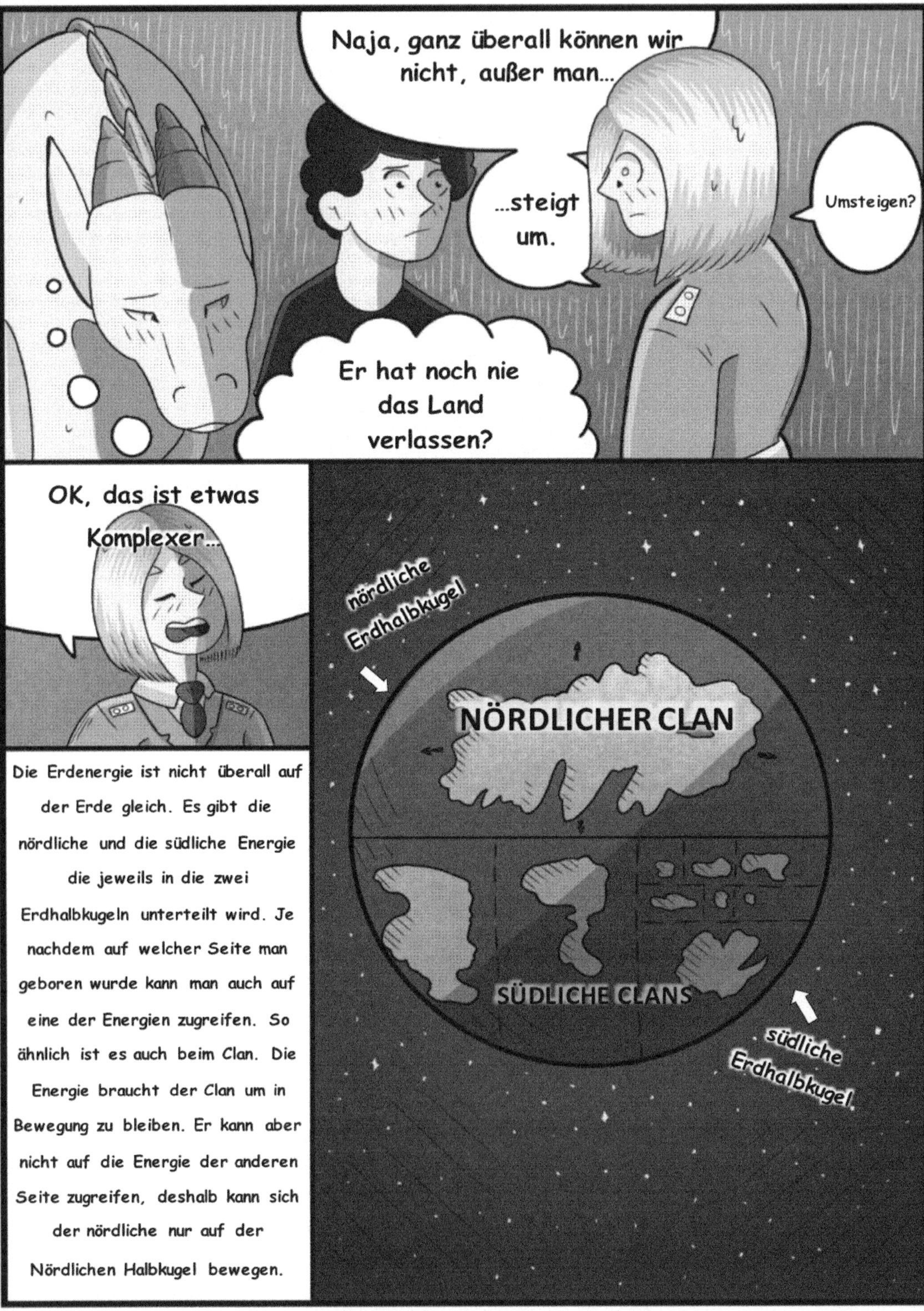

Naja, ganz überall können wir nicht, außer man...
...steigt um.
Umsteigen?
Er hat noch nie das Land verlassen?
OK, das ist etwas Komplexer...
Die Erdenergie ist nicht überall auf der Erde gleich. Es gibt die nördliche und die südliche Energie die jeweils in die zwei Erdhalbkugeln unterteilt wird. Je nachdem auf welcher Seite man geboren wurde kann man auch auf eine der Energien zugreifen. So ähnlich ist es auch beim Clan. Die Energie braucht der Clan um in Bewegung zu bleiben. Er kann aber nicht auf die Energie der anderen Seite zugreifen, deshalb kann sich der nördliche nur auf der Nördlichen Halbkugel bewegen.
nördliche Erdhalbkugel
NÖRDLICHER CLAN
SÜDLICHE CLANS
südliche Erdhalbkugel

Hmm... wir werden ein Stücken gehen müssen...
Ist es weit?
Nein, nur bis der Clan wieder vorbei zieht. Wenn wir bis übermorgen zum westlichen Nadelwand laufen, sind wir schneller dran. Außerdem will ich nicht hier bleiben.
Ich habe ein schlechtes Gefühl.
Ist es weil die Höhle eingestürzt ist? Du glaubst doch nicht etwa...
Ich weiß es nicht. Es beunruhigt mich das es hier so stark nach Mensch riecht. Ich will kein Risiko eingehen.

Tss, ...
kein Ding.
Shane...
Es tut mir Leid das ich mich von dir distanziert habe...
NEIN, ich meine es ernst! Du bist erst 17 und du musst schon so viel Verantwortung übernehmen.
Und ICH kriege das sehr gut ohne dich hin.
Das meine ich nicht!
Du führst eines der größten Teile der Welt! Und im Vergleich zu den anderen Clans, geht es dem nördlichen Clan am besten! Und das nur wegen dir!

Aber nicht nur das.
Die Sache im Süden hat sich verschlimmert!
Was?!
Ja.
Die einzelnen Clans sind wegen ihrer Größe und den massiven Klimaschäden, nicht mehr in der Lage die Natur dort aufrecht zu erhalten. Es gibt dort immer weniger Erdenergie. Es reicht kaum aus um die einzelnen Clans in Bewegung zu halten.

Dem nördlichen Clan ist es
schon immer gut gegangen.
Nachdem mein Vater den
vereinten nördlichen Clan
gegründet hat, sind wir nur
noch stärker geworden. Das
fehlt den anderen Clans.
ZUSAMMENHALT. Sie sind
alle viel zu stur um um Hilfe
zu bitten. Nur weil Menschen
die Welt in Teile geteilt
haben; heißt es nicht dass wir
den Mist auch machen müssen.
Langsam wirken sich ihre
Umweltverhältnisse auch auf
unsere Grenzen aus. Wenn es
so weitergeht, wird nicht nur
der Süden sondern auch der
Norden langsam aber sicher
sterben.

Natürlich spielt das Handeln der Menschen eine große Rolle, aber wir sind hier um die Fehler der Menschen auszugleichen. Dafür müssen wir die Clans am Leben erhalten!
Es macht dich echt fertig, oder?
Es macht mich fertig dass ich nichts tun kann! Wäre ich der Patron geworden, hätte ich vielleicht den Respekt der anderen Clanführer bekommen und ich hätte was tun können! Man sagt die Hoffnung stirbt zuletzt, aber meine Hoffnung ist gestorben als ich diesen Menschen das erste Mal gesehen habe!

Shane ist der jüngste Clanleader seit… immer eigentlich.
Ernsthaft?!
Wundert es dich? Der nördliche Clan entspricht circa der Größe von Europa und Nordamerika ZUSAMMEN!
Als Shane den Clan übernahm, war er gerade mal 13 Jahre alt. Er war aber schon immer zu reif für sein Alter!
Wow, er sieht gar nicht aus wir jemand der so viel Verantwortung trägt! Hat er dann nicht viel seiner Kindheit verpasst?
Er verhält sich sicherlich auch nicht so!!!

Naja, nicht wirklich, was hast du denn mit 13 gemacht?
In dem Alter hab ich noch Tausch-Karten gesammelt. Und du?
Ich habe außenpolitische Beziehungen gesammelt, und Friedenverträge unterschreiben.
Yay!
Warte Was?!
knarz*

ruder*
#@$%&§
Autsch!!!

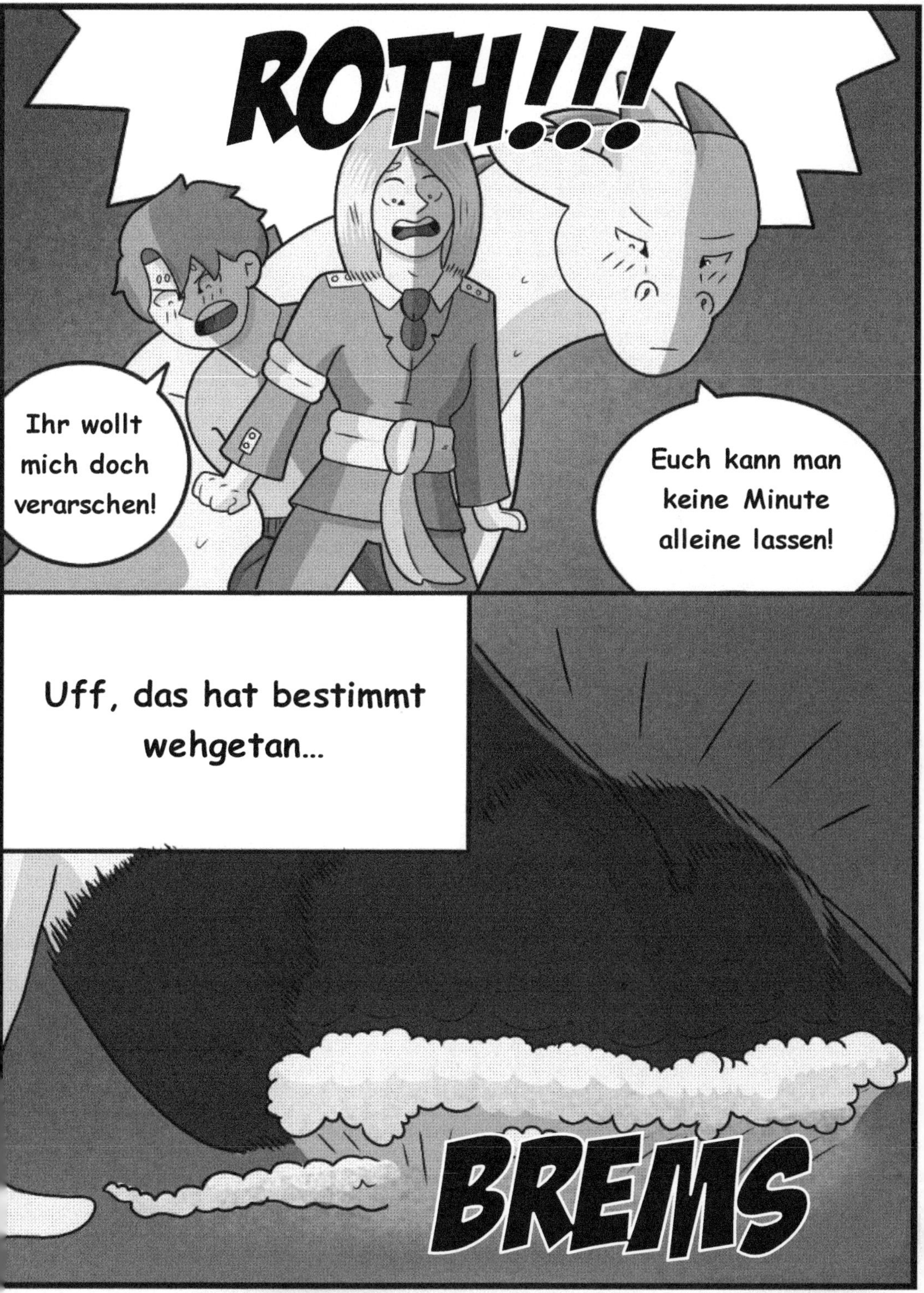
ROTH!!!...
Ihr wollt mich doch verarschen!
Euch kann man keine Minute alleine lassen!
Uff, das hat bestimmt wehgetan...
BREMS

Urgh, das kann auch nur mir passieren!
Ob das stimmt kann ich dir nicht sagen...
Aber bei einem bin ich sicher... dieser Geruch, den du da verströmst, habe ich fast seit 1000 Jahren nicht mehr unter die Nase bekommen!

Sag mal dürfte ich dir eine persönliche Frage stellen?
Noch ein Drache?

Hast du denn keine Angst wenn ein Koloss wie ich vor dir steht?
Ich... ja... so ziemlich.
Ha!
Ehrliches Kerlchen!

Das mag ich!
Aber keine Sorge… ich tu dir nichts! Ich sehe vielleicht nicht so aus. Aber ich bin nicht wie meine primitiven Artgenossen.
Ich verliere nicht so schnell die Geduld! Du kannst also besorgt sein!
Weißt du denn was ICH bin?
Ein… Drache?
Ein Drache? Sehr schmeichelhaft aber leider falsch!

Ich bin ein Wyvern!
Eine Unterklasse der Drachen! Anstatt vier Beinen und zwei Flügel, habe ich nur ZWEI Beine und ZWEI Flügel!

Du scheinst nicht besonders viel über Fabelwesen zu wissen...
schüttel*
Du sprichst auch nicht besonders viel...
wedel*
Weißt du, für mich ist das hier gerade was ganz besonderes. Das ist das erste Mal seit Jahrhunderten das ich wieder mit einem Menschen spreche!
wedel*

Du spielst mit ihm wie eine Katze mit einer Maus...
Siehst du nicht dass du ihm Angst machst?

Wie ich sehe, bist du in den letzten 600 Jahren kein Stück gewachsen.
Wie ich sehe, bist DU auch kein Stückchen klüger geworden!
Lach Lach*
Ach, es ist immer wieder erfrischend mit dir zu reden Sturm!
Es ist auch schön dich wieder zu sehen Knorre.

Was, sie kennen sich?
Oh man, was schaut sie mich so an?
Oh man, was schaut er mich so an?
Wir sollten weitergehen..
Aha...

Was soll auf einmal diese peinliche Stille? Habt ihr noch nie miteinander gesprochen?
DAS GEHT DICH NICHTS AN! KOMM MENSCH WIR GEHEN JETZT!!!
Ja...
Sag mal Sturm schämst du dich denn nicht?!

Schau dir das arme Kerlchen doch mal an. Er sieht nicht so aus als wüsste er was hier abgeht. Hast ihm nichts erklärt? Nicht mit ihm gesprochen?
Machst du Witze? Ich sollte auch jemanden haben mit dem ich sprechen kann, Knorre. Mich hat das ganze genauso getroffen wie ihn! Du weißt genau wie ich zu Menschen stehe! Ich toleriere das er der Patron geworden ist. Aber da hört es für mich auch auf, ja?

Ach Sturm… was ist aus dir geworden? Zu meinen Zeiten waren Drachen das Symbol für Frieden und Gerechtigkeit. Sie sorgten für die Kommunikation Lebewesen und der Natur.
Und jetzt? Glaubst du wirklich dass deine Einstellung die deiner Vorfahren gerecht wird?

STURM! BEEIL DICH DU ZU GROß GERATENE ECHSE!
Sehe ich so aus als hätte ich Zeit für eurer Teekränzchen? Ich hab deinetwegen meine Pausen für die nächsten DREI Wochen verbraucht!
Ich denke wir müssen los...
Du merkst selber dass es so nicht weitergeht.
Drachen wachsen nicht nach Alter sondern nach Lebenserfahrung. Du kannst dich nicht immer vor allem verstecken. Außer du willst immer so klein bleiben.
SEI RUHIG ICH MAG MEINE GRÖßE!
Und nun zu dir...
Sei ehrlich! Es ist dir doch alles zu viel, oder.
Schon etwas...
Dann lass mich dir einen Rat geben!

Die Aufgabe des Patronen ist nach den Erzählungen des Clans, die Aufrechterhaltung der Natur und des Clans. Seine eigentliche Aufgabe ist es aber für den Frieden und den Zusammenhalt der Geschöpfe zu sorgen. In diesen Zeiten brauchen wir das mehr denn je, deshalb glaube ich nicht das es ein Zufall ist das ein Mensch dieses Mal der Patron geworden ist!
Diese Theorie wurde im Laufe der Jahre vergessen und verdrängt. Diese Sachen will der Clan nicht hören. Sich zu verstecken sollte eine kurzfristige Option sein. Aber für den Clan ist es schon wieder eine Lebensform geworden und ich finde das nicht richtig. Wir hier draußen werden deswegen noch verrückt!

Und was wenn nicht?
Bitte?
Was ist wenn ich es nicht schaffe? Keiner von euch kennt mich wirklich... ich bin nicht so eine Person die das einfach so durchziehen kann...
Das stimmt! Ich kenne dich wirklich nicht, aber ich war schon immer gut Leute auf den ersten Blick einschätzen zu können.
Deshalb weiß ich das du keine Person bist die einfach so aufgibt. Ist das nicht richtig?

ROTH! WIR MÜSSEN WEITER!
JETZT!!!

Geh schon, hab keine Angst...
wir werden uns wiedersehen...
Roth.

Wyverns

Sie sind die Einzigen Fabelwesen die am nächsten zu realen Drachen verwandt sind. Der Unterschied ist das sie nur zwei Beine und zwei Flügel haben.Was sie an mangelnder Intelligenz haben, gleichen sie mit Muskelkraft wieder aus. Wyverns sind in der Lage Feuer zu speien und können im Laufe ihres Lebens bis zu 50m groß werden.
Achtung: Wyverns sind unglaublich Agressiv. Man sollte sie immer bestenfalls meiden.

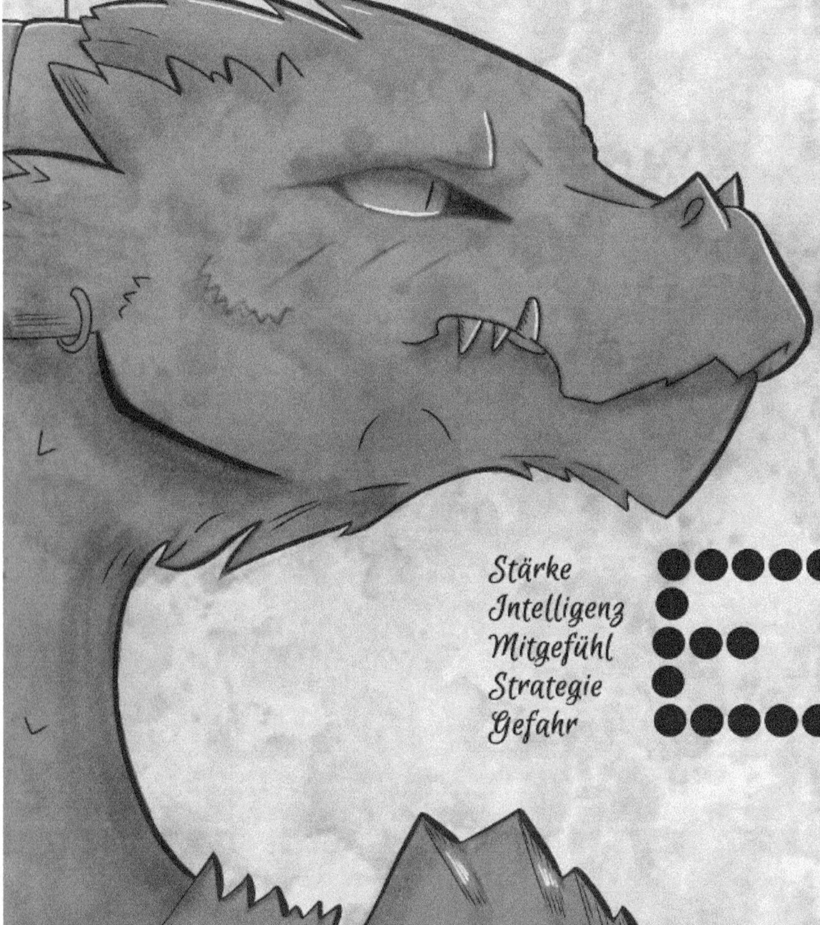

Stärke	●●●●●
Intelligenz	●
Mitgefühl	●●●
Strategie	●
Gefahr	●●●●●

KAPITEL 7
Jetzt bleiben wir ALLE zusammen, dann kann auch nichts passieren!
Je schneller wir zum Chupacabra kommen desto schneller ist das ganze hier vorbei!
Sei doch nicht immer so negativ.
Ja Mann, chill!
Glaub mir ich will auch dass das ganze vorbei ist. Aber ich rege mich deswegen nicht die ganze Zeit auf.
WAS HAST DU RETTICH GESAGT?
Da hat jemand ein bisschen mehr Selbstbewusstsein gefasst! Heißt es dass wir langsam alle Freunde werden?
NEIN!

Wenn ich schon die Aufgabe des Patronen zugedröhnt bekomme, kann ich wenigstens die Verantwortung darüber übernehmen. Ist ja nicht so als hätt ich was Besseres zu tun.
?

Außerdem, wie schwer kann das sein?
Wow!
Habt ihr den Ausblick gesehen?
Nein.
Z
Z

Die Energie wird stärker...
Der Clan wird bald hier vorbeiziehen. Wir können vorerst hier warten.
Endlich!
Alice wird bis dahin die Umgebung hier abchecken.

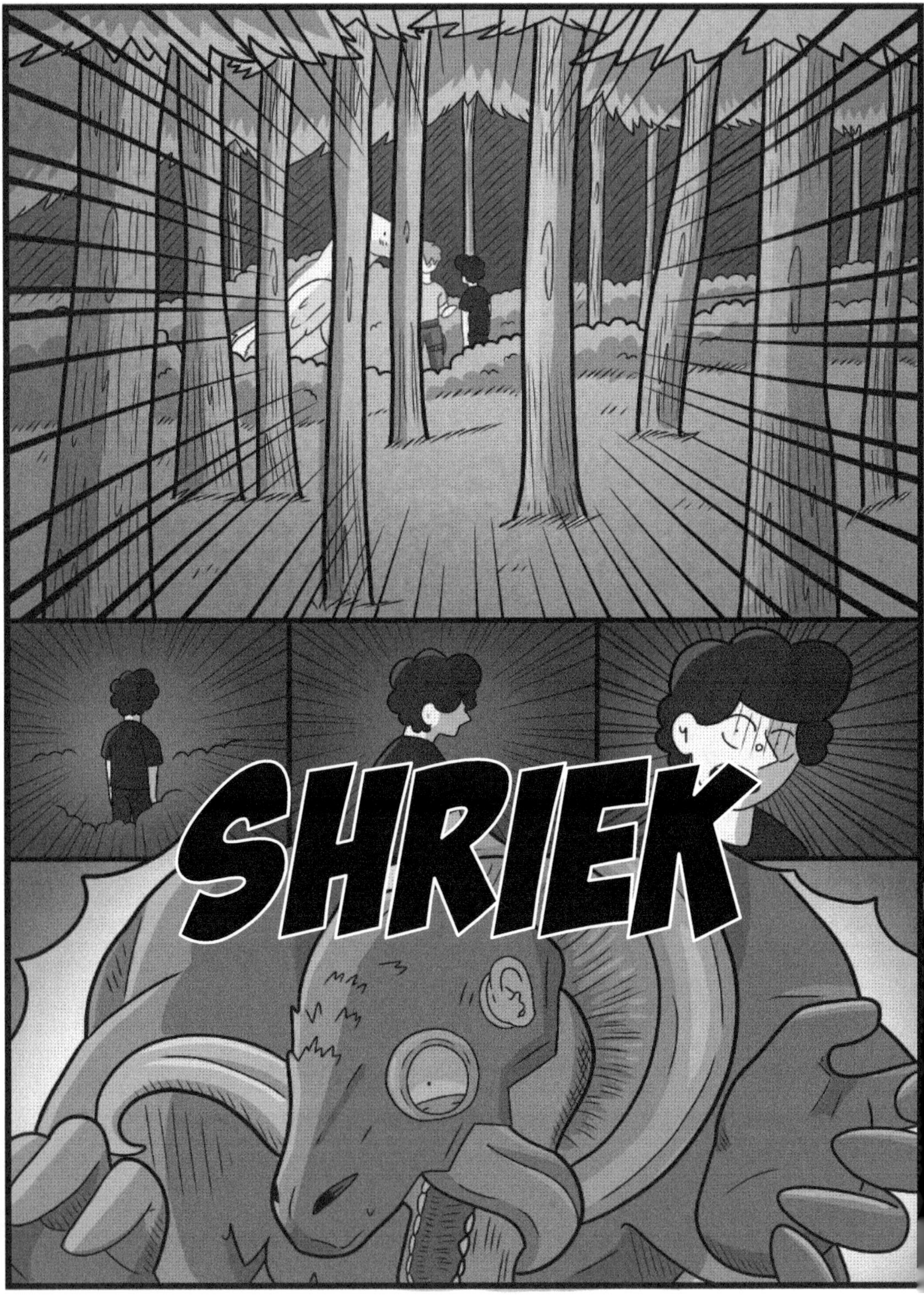
SHRIEK

BREMS
Verdammt, was ist DAS?!

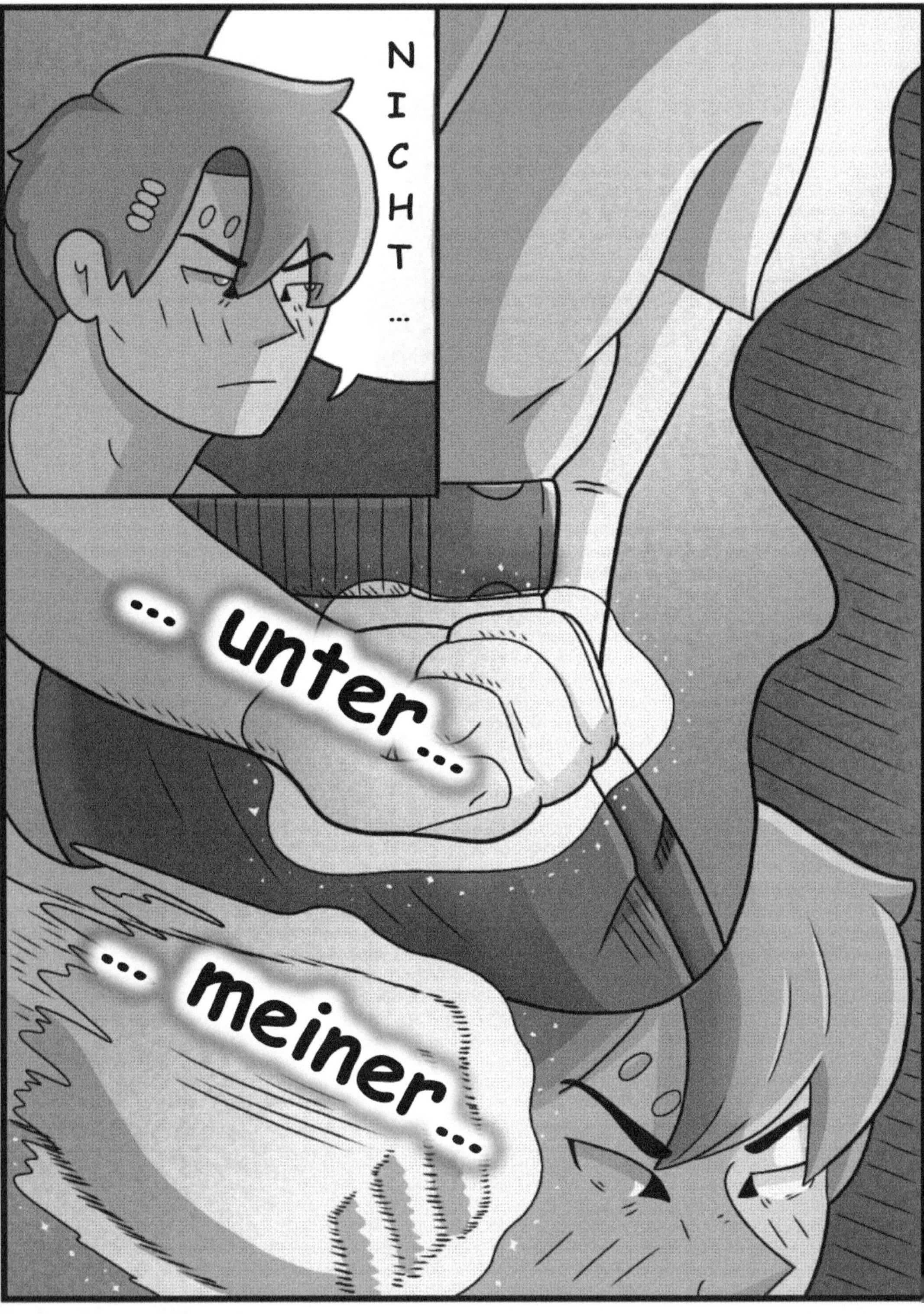
NICHT ...
... unter ...
... meiner ...

... AUFSICHT!
Knacks

POCH
Er hat sich...
... seine Hand gebrochen!

WACK

Shane!
Es kommt wieder auf mich zu!

atmen atmen*
Es wird mich umbringen daran zweifle ich kein bisschen, aber...
WARUM HABE ICH DANN KEINE ANGST?

Nicht mal Shane konnte diesem Monster etwas antun, wie soll ich Schwächling dann etwas tun? Diesmal gibt’s kein Fenster das ich einschlagen kann. Trotzdem habe ich diese Zuversicht… etwas ist anders als beim letzten Mal.

Ja! Ich kann es spüren!
Dieses Starke Gefühl in meiner Brust. Und es bewegt sich!
Und es will raus!

Ich habe es satt nichts tun zu können!
Satt das Andere auf mich herabschauen!

Ich will stark sein!

Nur dieses eine Mal!

STAMPF
Ich mag zwar nicht so stark sein wie die anderen, aber wenn ich heute schon sterbe...
... dann mit
WÜRDE!

nick
...
...

Keuch
Keuch
Keuch*
Keuch*
Greif*
Drück*